第二句集

八雲たつ

山本喜朗

紅書房

第二句集・**八雲たつ**——目次

装丁・装画　木幡朋介
題字　山本綾子

第二句集

八雲たつ

一　『大手町』以後

平成六年〜十年

華甲なり女坂ゆく初詣

右手に富士左手に筑波初山河

鹿島灘コンビナートの出初かな

京都新春　三句

千躰の仏見そなふ弓始

初夢や傘亭の寧寧嫋やかに

御慶のぶ鳥羽僧正のとりけもの

湖の色捨てて白魚網に透き

潮に乗り潮より速き鱵かな

平成七年一月十七日　阪神淡路大震災　四句

阪神間道路断裂虎落笛

鐘凍る安否の電話つながらず

住み慣れし芦屋瓦礫に寒茜

動かざる老茫然と日向ぼこ

雑草といふ草はなし下萌ゆる

妻恋の猫に燃え尽き症候群

初孫の一姫にして雛飾る
コンシェルジュ雛の由来をよどみなく

実朝の山実朝の海おぼろ

深更を朧に灯し外務省

靖国の桜かなしきまでに咲く
都をどり妓のお点前のはんなりと

沖縄を鎧へる基地やみどりの日

保津峡の瀬音背越の鮎に酌む

中東　五句

アラビアの旅へ目刺しも連れてゆく

蜃気楼めきて砂漠に駱駝食む

正客に羊の眼玉春の餐

朧夜の離陸アラーに祷る声

ドバイの灯おぼろに消えてペルシア湾

松江の祭　四句

山車曳くや母衣町苧町鷹匠町

水都ゆく艘《どう》も神輿も橋の上
船渡御の　ホーランエンヤ　テノールで

八雲たつ湖に祭のそりこ舟

満目青山中なる虚空朴の花

立葵覗く下田の海鼠塀

蟻地獄信者の列のぞろぞろと

下剋上謀りし寺の木下闇

向日葵の百万本を村おこし

人波にもまれて遠き川開き

真昼間の居酒屋の客太宰の忌

パリ近郊オーベール　二句

視野の麦黄にヴァン・ゴッホここに死す

ゴッホの黄に染められ麦の風のなか

越中　五句

端居して隣のうはさ散居村

夏炉焚き村長うたふ麦屋節

家持の都《つ》万《ま》麻《ま》の樹撫で蟻零す

短夜を市民万葉朗詠し

恋を生む胡弓嫋嫋風の盆

梨剥きて已の夜をとりもどす

鰡飛ぶや大川端の雨あがる

法衣より禅寺丸柿賜はりし

木曽路　三句

木の葉髪妻籠の宿のお六櫛

藤村を諳んじ木曽の秋惜しむ

木曽谷の峰の影曳き大根引

上海　四句

魯迅故居深き秋思の像に遇ひ

秋天の老家《ラオジヤ》に集ひ太極拳

虹口《ホンキユー》に内山書店露けしや

重陽の日や紹興の甕酌まむ

子の婚を終へて夫婦のとろろ汁

柴又やおでんと灯す筆太に

若きらと和して同ぜずおでん酒

世紀末重く迫りて雪ばんば

場所入りの明け荷担ぐや都鳥

押しくら饅頭泣いて泣かせてまたあした

曾根崎に玉男を偲び近松忌

ロンドンの煙突多きクリスマス

聖夜果つ大臣折衝続きをり

ハロッズが三越にゐて年の市

三代の揃うて除夜の旅寝かな

二　新世紀

平成十一年〜十五年

初山河国破れしより幾年ぞ

国来よと引きし島山初明かり

読初の電子書籍や新世紀

不惜身命可惜身命去年今年

江戸前の煮凝くづし江戸切子

算乱すわれら戒む寒昴

兵に告ぐよりの光陰春の雪

佐《すけ》殿《どの》に参る出雲の寒牡丹

建国の日に亡国を考ふる

啓蟄や獅子身中の虫ぞろと

黄砂来るわれら騎馬民族同士

良寛のかな文字やさし桃の花

うららかや良寛詠みし句に歌に
春眠の逢瀬は黄泉のひとばかり

住大夫の芸談囲む春うらら
急かすなよ月の朧に酌める夜は

桜鯛母の卒寿の心意気
桃の花嫁は天真爛漫で

北面の武士打ち捨てて庵の春

鞦韆や栄転左遷なき身とぞ

定年の身を軽やかに更衣

荷風忌の深川めしを深川で

ケネディの悲劇忘れじ白薔薇

瘋癲の像を囃して行行子

母の日の厨に立ちて母卒寿

時の日を誕日として暇つぶし

大利根の古き宿場にうなぎめし

大統領土産の泰山木咲けり

新世紀にも原爆忌めぐり来し

新涼の小さき沼にもアイヌの名

梶の葉に金文字美しく李杜の詩

二十世紀剝く新世紀まであと三月

北斎の小布施訪ねて栗ひろふ

さるぼぼののつぺらぼうとゐる夜寒

満天星のもみぢ促す雨細き

蔵元の検見上首尾に新走り

子規に似し隣の客と温め酒

金沢　四句

八寸に海鼠子《このこ》郭のにしひがし

古九谷にもつてのほかの膾盛る

秋祭百万石の姫に吾子

弛むことなき雪吊のかがやかに

会津　三句

薩長を赦さぬ国の冬囲ひ

藁屋根の英世の生家大根干す

枯山に抱かれ大内宿ねむる

しぐれ来て朝御堂筋宵銀座

人丸の海冷まじき落暉かな

湯豆腐や智に働けば角が立つ

塞翁が馬を決め込み爛熱う

底冷や湯川朝永この部屋で

とりあへず妻に従ふ師走かな

ボーナスやいつも身近にサザエさん

重かりし世紀は逝けり日記買ふ

三　赤道の旅

平成十六年・十七年

老も死も病も詠まず初句会

襲名の役者揃うて初芝居

柝の入りて幕まつ静寂淑気満つ

寒行の百万遍に阿闍梨餅

法王ヨハネ・パウロ二世逝く

遥遥と絵踏の国を踏み給ふ

いかのぼり志かく高くあれ

涅槃図に馴染まぬ法衣絢爛と

蘆の角坂東太郎の一丁艪

靄れり鑑真和上の戒壇に
町家いま住む人なくて春障子

蟷螂の棲み吾の棲む終の家

呂も律もゆたにたゆたに春の川

まなうらに八百八橋水ぬるむ

アマンドで日照雨のバレンタインデー

鎌倉の小さき糴に初かつを
端午の日汨羅の詩人おもふべし

早苗とる手をうちかざし三諸山

鶺鴒きて水辺は闇を深うせり

冷酒や李白は一斗詩篇百

糒《ほしいひ》の故事来歴も道明寺

鮒鮓の一桶提げて終列車

橋涼み利休鼠に湖昏れて

海の日をひもすがら峰目指しけり

浮いてこい五右衛門風呂に父とゐて

ロシア　四句

チェーホフの描きし大地夏寒し

シベリアへ長き鉄路の夏野かな

夜半の夏エルミタージュに絵の溢れ

ロシア語でさよなら《ダスヴィダーニャ》をいふ白夜かな

運慶の像凄まじき月の寺

母人の明窓浄几月明り

萩津和野松江の城下菊日和

おくんちの囃子をさらふ町夜長

湖東三山　二句

信長の焼きし伽藍や紅葉燃ゆ

門前に終ひ松茸買うたれや

子規逝きし月明かくやと思ひけり

露草の露浅葱とも縹とも

あはあはと未完のままに藤袴

位階なき鷗外の墓碑爽やかに

風神の荒ぶる雲や神の旅

赤道の旅　五句

赤道へ旅立つ朝の根深汁

冬萌ゆる熱帯林の照り翳り

春節のマラッカ海に十字星

瘴癘の地や真夜中のかぜ薬
赤道の海蒼茫と星冴ゆる

神を知らず冬の星座の名を知らず

湯豆腐や志もつ者同士

顔見世やお家の芸の外郎売

顔見世の役者来てゐるカフェテラス

四　富士の水

平成十八年・十九年

初富士や権現様の水走り

富士の水溢るる宿の初湯かな

がうがうと雪揺がせて富士の水

妻三日留守水仙の濃く匂ふ

琵琶湖　三句

盆梅に淡海の風が来て薫る

諸子焼く大津事件の宿なりき

卒業の艇庫に琵琶湖周航歌

宍道湖のあかときを待つ蜆舟

一人静殖えつつ終の棲かな

真間　二句

蘆芽ぐむ真間の井の水やはらかき

風生の碑に風生のさくら散る

飯田龍太逝く

龍太なき甲斐の山河よ若葉冷

母のゐてでむしのゐて母の家

古茶新茶夫婦ぐらしの幾春秋

長梅雨の烏鷺たたかはす夫婦かな

もとほりて御手洗団子下鴨に

ボルネオ島　四句

赤道の街香水の夜風吹く

椰子の実を落すも生計《たつき》裸の子

炎熱の地に水牛と寝る農夫

キナバルの市にドリアン匂ひ立ち

柚子摘みて厨の妻に抛りけり

余呉の湖雨月の雨のうちやまず

八雲塗百五十年

塗師と絵師額あはせて夜なべかな

越後　二句

高稲架を解くも越後の冬用意

山古志に棚田もどりぬ曼珠沙華

信濃　三句

八《や》ケ岳《つ》を踏み走り根を踏む白露かな

信玄の隠し湯へ飛ぶ夜這星

無言館遺作の無言身に沁む

露の世の信長の文夥し

長き夜を吾に寄り添ふビートルズ

北米　五句

木の実降るボストン古き石畳

色鳥の違ふ色来てアーリントン

摩天楼天窓ほどの秋の空

露けしやグランド・ゼロの碑に

秋暑し人種の坩堝とふ国に

妻編みしセーター被る月日はや

禁じ手を使はぬやうに懐手

神等去出《からさで》の出雲の山河八雲たつ

神帰りまして出雲の年用意

出雲富士けさもくつきり冬に入る

花見小路の雪洞点り冬ざるる

大根煮る日々好日の妻のゐて

雪《ゆき》暗《ぐれ》の日本海に八雲たつ
逝かせてはならぬ昭和史日記果つ

五　多摩の横山

平成二十年・二十一年

去年の月初東雲の空にあり

初湯して身体髮膚父母に受く

富士のある国に生まれて初写真

繰り返し歌留多並べる子の闘志

夫の句に妻の一言春炬燵

銀山の漆黒の闇歩風花に

みちのくの旅風生の春田より
故郷の蜆売らるる日本橋

妻の座のいよよ揺がず雛の日

鳩の杖まだ使はずに野に遊ぶ

永き日や淡海にひろき余白あり

西行の塚の荘厳花万朶

蛇笏の山龍太の谷の青葉風

九輪の咲けるはまれに九輪草

さくら草咲かせ裏口通る仲

卒業五十年　五句

万緑や学窓巣立ち半世紀

京洛にカルチェ・ラタンの風薫る

新樹光自由の鐘の音清か

樟新樹象牙の塔にレストラン
哲学の道逍遥し花は葉に

山頭火流離ひし野の青嵐

梅雨明けの多摩の横山徒歩《かし》ゆかむ

原節子住むとふ町に薔薇香る

火花散る江戸鍛冶を守る素手素足

鬼平の通ひし酒肆の吊忍

大阪の祭覗くや橋の上

上方の暮しに慣れて鱧の皮

炎昼の鸚鵡返しにオノマトペ

三高の帽子枢に法師蟬

峰雲や連合艦隊消えし海

同文の邦の硯を洗ひけり
生身魂寮歌諳んじきりもなや

だんじりの序破急釣瓶落しかな

故郷にだんだんと言ふ良夜かな

団菊の幕間に酌み菊膾
将門の凱歌聞こゆる花野かな

大鹿村歌舞伎二百年　三句

豊の秋大鹿歌舞伎村挙げて

神留守の鎮守楽屋に早替り

降るやうにお捻り飛んで村芝居

平家贔屓判官贔屓片しぐれ

堀川の名のみ残りし西鶴忌

桔梗を挿し光秀の裔といふ

秋灯下いくたび星の王子さま

殿さまの利休好みも風炉名残

萩刈りて子規の家賃を思ひをり

蘆刈るや坂東太郎の男振り

たたなづく多摩の横山鳥渡る
まなかひに多摩の横山蒲団干す

倫敦の友へのメール漱石忌

ふるさとに除夜の鐘うつ般般と

六　大震災

平成二十二年・二十三年

太箸やいまも戦のありし世を

文楽座睨み鯛据ゑ淑気満つ

紅梅に女系家族の賑はしや

八雲たつ出雲八重垣日脚伸ぶ

上方の役者はんなり二の替

ゆき暮れて黄泉平坂冴返る

青丹よし南都や十二単咲く

落椿母は遠くを見て語り

ふらここや世に憚りて苛めつ子

平成二十三年三月十一日　東日本大震災　五句

悪夢なら醒めよ春昼テレビ消す

余震やまず帰宅難民春の闇

春寒の落暉瓦礫の影曳きて

避難所に子猫を抱きて来てをりし

なにもかも失ひし子ら卒業す

川崎展宏逝く

いざさらば展宏さんにスミレサク

鯛網を待つ鞆の浦舟揃へ

蕉翁の深川めぐり桜餅

朝鮮使通ひし島や涅槃西風

みちのくの空へ手向けて朴の花

歩道にも本積み神田薄暑はや

佐渡　四句

万緑の佐渡を泛べて海の綺羅

青東風や前へ進まぬ盥舟

若布干す島出でしことなしと老

柿若葉遠流の帝ここに果つ

隠岐の夏　二句

早苗饗や隠岐全島を開け放ち

潮垢離の駒もろともに祭の子

組紐の緋色鮮やか武具飾る

百歳のホ句志す涼しさよ

仏桑花基地の爆音絶ゆるなく

八雲たつ国統べてあり雲の峰

アナベラのアンナの泪巴里祭
八月の太平洋の闇深し

遺されし者寄り添ひて踊りの輪

隠岐の秋　二句

駅鈴の天平の音秋澄める

天高し明治の隠岐にコンミューン

鍵善のくずきり食べ居待月

雨の月見えざる星を従へて

甲斐信濃まけて秋天一碧に

浜離宮鷹狩　二句

鷹匠と鷹とひとつになりて修羅

鷹狩を知らぬ近所の鳩鴉

隠岐の冬　二句

上皇の絶唱隠岐の風凍つる

北風強し星を鏤め隠岐の海

下町の江戸の名親し都鳥

手締めなきほどの小さき熊手買ふ

阿修羅にも逢はねばならず奈良師走

人麻呂の海暗澹と神楽舞ふ

庭師の手ちよと借り老の年の暮

捨てかねてをりし俳諧古暦

七　金婚

平成二十四年・二十五年

金婚の日を書き入れて初暦

ぽつぺんの今年占ふ音色佳き

薺粥吹く金婚の夫婦箸

雪女ハーンの書屋出でしまま

門跡に案内を賜る梅見かな

ミモザ咲くシェフ一筋に五十年

市川団十郎逝く

名優の奈落に消えし冴返る

辞世の句梅しんしんしんと散りかくる

富士見ゆる早春の海青海波

酔ひ醒めの湖畔の宿の蜆汁

雛の夜に招かれ残る雛に灯

潮騒に震へて伊豆の吊し雛

俳人の門札古び猫柳

望郷の寂しさ知らず鳥帰る

万華鏡覗きて消ゆる春愁

金婚の軌跡おぼろにワインチす

ミシュランに出てゐる店の豆ごはん

新歌舞伎座　二句

歌舞伎座の櫓新たに宵の春

木挽町へ人波寄せて養花天

花菖蒲江戸伊勢肥後の田を分ち

菖蒲の湯五体満足ともゆかず
抗へぬことの増えつつ明易し

永き日の一筆箋ですむ用事

紅さして白寿の母や牡丹咲き

ぐい呑みのかたちよろしく冷奴

江戸っ子で駄駄っ子で老いパナマ帽

夏期講座神話の国に古事記読み

征きし父遺されし母星まつり

カラフルな爪高高と踊りの手

吾には虚子汝には中也灯火親し

弁慶も富樫も秋思深き貌

金婚の夫婦を繫ぐゐのこづち

堺よりけし餅提げて十三夜

次の間に鈴虫鳴かせ奥座敷

天空の城に城なく後の月

ホスピスの友の胸にも赤い羽根

短日のノーベル・ウィーク煌きて

遷座成り千木高高と七五三

出雲への空路満席神の旅

牡蠣船の窓を開ければ爆心地

出陣の学徒は老いて開戦日

冬帽子ふり返るまでヴァン・ゴッホ

適塾の俊秀ここに白障子

中村勘三郎逝く

勘三郎やあい木枯し遠ざかり

ホスピスにありしは十日冬薔薇

聖樹の灯爆心地向くことごとく

数へ日の開かず踏切開かず待つ

金婚の杯を重ねて年送る

八　百寿の母

平成二十六年・二十七年

焦土より七十年の初山河

屠蘇祝ふ百寿の母の銀杯に

妻喜寿の吾は傘寿の年酒酌む

新雪の裾野拡げて今朝の富士

春の雪富士湘南の定位置に

宍道湖の七珍並べ獺《をそ》祭《まつり》

北條の滅びの道の梅見かな

大橋敦子師追悼　三句

師の訃音届きし朝の梅真白

龍の字の風従へて逝き給ふ
雛流す日は師を偲ぶ日なるべし

多摩川に蜆戻りし瀬音かな

津波から救はれ生きて猫の恋

大陸に父の奥つ城黄砂降る

野に遺賢なしや野末の菫咲き

みちのくの旅　三句

みちのくの山分け入りて瀧桜

三代の栄華の夢やさみだるる

弁慶の塚くれなゐのさくら散る

壇ノ浦　五句

春の夜の旅寝や長門壇ノ浦

春禽の源平合戦囀すかに

春逝くや驕る平家の果てし海

芳一の弾かぬ琵琶きく春の闇
壇ノ浦望む七盛塚おぼろ

花守となりて狭庭の昼餉かな

春の塵ハーンの机脚長き

冤罪の判決を読む昭和の日

竹本住大夫引退

住大夫終の語りや花は葉に

吾子の名を授りし里田水張る
万緑の花背美山も京のうち

青梅を捥ぐ頃合を妻の言ふ

新茶濃く淹れて勘定書を出し

イタリア紀行　六句

青野ゆくゲーテの紀行さながらに

カエサルのローマゆるがす日雷

ダ・ヴィンチもミケランジェロも片かげり
シーザーの神殿いまに草茂る

妻投げしコインやトレビの泉撮る

ゴンドラの船頭粋に夏帽子

赤富士に闘志授かる八十路かな

七十年燃え尽きぬ火よ広島忌

終戦の日のラジオから李香蘭

蘇へる玉音を聴く敗戦忌

甲子園汗と涙の一世紀

中年の星宇宙への航涼し

道ならぬ恋を仕掛けて夏芝居
騙し絵のやうに残暑の繰り返し

大南瓜妻に代りて成敗す

秋気澄む故山の駅に一歩二歩

つまべにや七歳にして別れしが

月恋うて三光鳥のホイと啼く

月今宵百寿迎へし母と坐し
その中に父と子の句碑萩の寺

文化祭子と管弦の曲を選る

短日の母に分け置くのみぐすり

畏友越井健君逝く

露の世の見果てぬ夢を赤道に

冬薔薇や柩の友と吾の距離

心許なきまつりごと海鼠嚙む

一の酉一番太鼓子の刻に

踏鞴《たたら》祀るずうずう弁の奥出雲

八十路まで母在す幸冬あたたか

あとがき

『八雲たつ』は『大手町』に次ぐ私の第二句集である。

第一句集『大手町』は、平成五年、三十余年勤務した日本開発銀行を退職した機会に上梓したが、爾来二十年「雨月」誌を中心に発表した作品は三千句を超える。今回、その中から四百句余を自選し、若干の句には手を加えてまとめることとした。

現在、郷里松江の一畑電気鉄道株式会社や大阪の越井木材工業株式会社の社外役員を勤める他は、俳句や短歌の詩境に遊んでいるので、各地で詠んだ旅吟が多くなった。

句集名『八雲たつ』は、わが国最古の短歌とされる須佐之男命の

八雲立つ出雲八重垣妻籠に八重垣作るその八重垣を

に詠まれ、その後、出雲にかかる枕詞となった「八雲立つ」に拠ったが、折にふれて帰省する松江や宍道湖の実景でもある。

この句集を、雨月叢書第九七輯に加えて頂いた「雨月」主宰大橋晄先生には、多年に亘り暖かいご指導ご厚情を賜っている。改めて厚く御礼申しあげる。また、この機会に、「雨月」東京代表大島寛治氏、「天穹」主宰佐々木建成氏、「鷹」主宰小川軽舟氏、「風土」同人遠藤逍遥子氏、「天為」同人福永法弘氏はじめ多くの先達、句友の皆さまのご高誼に心から感謝の意を表したい。俳句は、俳諧の連歌の発句が独立したものであり、いわば、「座の文芸」であるから「連衆」に当る仲間の存在がなければ成立しないといってよい。

いくばくもない余生ではあるが「客観写生」の王道を踏まえつつ、自在の句を詠み続けたいと願っている。

おわりに、この句集の装丁・装画をお願いした松江高校同期の畏友木幡朋介君並びに紅書房菊池洋子氏に、心より御礼申しあげる次第である。装丁・装画の権威である木幡君の慫慂がなければ、この句集の上梓はかほど順調には進まなかったに違いない。

平成二十七年十二月

山本喜朗

追記

本句集『八雲たつ』の題簽は、昨年十月百歳となりなお矍鑠たる母綾子の筆によるる。本句集を母綾子、並びに妻千鶴子に捧げる。

著者　山本喜朗（やまもと　きろう）**略歴**

昭和九年、島根県松江市に生まれる。
昭和三十年頃、作句開始。
昭和四十年、日本開発銀行俳句会入会。篠塚しげるに師事。
昭和六十三年、「雨月」入会。大橋敦子・大橋晄に師事。
現在　「雨月」特別同人。同人会会長。
　　　俳人協会会員。
　　　学士会短歌会会員。
句集　『大手町』（平成六年）
共同句集　『東籬』（昭和五十年）
　　　『遊子』（平成十年）
　　　『都鳥』（平成二十年）
住所　〒二一五－〇〇一二
　川崎市麻生区東百合丘四－三九－一

雨月叢書第九七輯　第二句集　八雲たつ　奥附

著者　山本喜朗＊発行日　二〇一六年二月二十七日　初版

発行者　菊池洋子＊印刷所　明和印刷＊製本所　新里製本

発行所　〒一七〇-〇〇一三　東京都豊島区東池袋五-五二-四-三〇三

紅（べに）**書房**　info@beni-shobo.com　http://beni-shobo.com

電話　〇三（三九八三）三八四八

ＦＡＸ　〇三（三九八三）五〇〇四

振替　〇〇一二〇-三-三五九八五

落丁・乱丁はお取換します

ISBN978-4-89381-310-7

Printed in Japan, 2016